OBJETS DE VITRINE

BIJOUX, ÉVENTAILS

MEUBLE DE SALON EN TAPISSERIE

Tapisseries

IMPRIMERIE DE L'ART

CATALOGUE

DES

OBJETS DE VITRINE

BONBONNIÈRES, ÉTUIS, TABATIÈRES

MINIATURES, MONTRES, OBJETS VARIÉS

ÉVENTAILS

Des époques Louis XV et Louis XVI

BIJOUX ANCIENS ET MODERNES

Meuble de Salon en ancienne tapisserie de Beauvais

TAPISSERIES

DONT LA VENTE AURA LIEU

HOTEL DROUOT, SALLE N° 11

Le Mardi 7 Juin 1898

à deux heures

<hr>

COMMISSAIRE-PRISEUR	EXPERTS
Mᵉ PAUL CHEVALLIER	**MM. MANNHEIM**
10, rue de la Grange-Batelière, 10	7, rue Saint-Georges, 7

<hr>

EXPOSITION PUBLIQUE

Le Lundi 6 Juin 1898, de 1 h. 1/2 à 5 h. 1/2

CONDITIONS DE LA VENTE

Elle sera faite au comptant.

Les acquéreurs paieront *cinq pour cent* en sus des adjudications.

L'exposition mettant le public à même de se rendre compte de l'état et de la nature des objets, il ne sera admis aucune réclamation une fois l'adjudication prononcée.

Paris. — Imp. de l'Art, E. Moreau et Cie, 41, rue de la Victoire.

DÉSIGNATION DES OBJETS

BOITES, ÉTUIS

1 — Bonbonnière ovale en or de couleur ciselé, enrichie de petites roses et d'applications d'argent; le couvercle et le dessous offrent un médaillon d'attributs des arts libéraux sur champ cannelé avec bordures de feuilles de laurier; le pourtour, cannelé également, est interrompu par quatre réserves contenant des fleurettes, des instruments de musique et des symboles de l'amour. Époque Louis XVI.

2 — Bonbonnière ovale en or de couleur ciselé, avec applications d'argent; le couvercle présente des instruments de chasse, le dessous, des ruines, une houlette, une corbeille, avec bordures de feuilles disposées en chevrons; le pourtour offre quatre groupes d'attributs de chasse séparés par des pilastres avec zones de postes et de demi-cannelures, haut et bas; le

champ de la boîte est couvert de fines rayures. Poinçons de Jean-Jacques Prévost, adjudicataire des droits de marque de 1762 à 1768. Fin du règne de Louis XV.

1.020.—

3 — Petite bonbonnière rectangulaire, formée de plaques d'or, à décor de réserves émaillées contenant des animaux et se détachant sur un fond d'or orné de rayures et de motifs rocaille ciselés, et de fleurettes en émaux de couleurs. Époque Louis XV.

880.—

4 — Drageoir en agate blonde rubannée et taillée à cuvette; le couvercle, en sardoine, est orné d'applications de nacre sculptée et ajourée, offrant des rinceaux et une figurine de Diane, et enrichie de petits rubis; le décor est complété par quatre cannelures chargées de tigettes d'or; monture à charnière en or mouluré avec fleurettes exécutées en diamants. Époque Louis XV.

5 — Boîte rectangulaire en écaille brune piquée et posée or, à décor de palmettes, de quadrillés et de rinceaux sur toutes ses faces. Époque de la Régence.

550.—

6 — Boîte oblongue, à pourtour festonné, en argent ciselé, gravé et doré, à décor d'entrelacs; le couvercle offre des figures mythologiques et

des fleurettes appliquées en or sur fond émaillé à paysages. Augsbourg. Commencement du XVIIIe siècle.

3000.— **7** — Bonbonnière rectangulaire en or de couleur ciselé, à décor de guirlandes de fleurs, avec bordures cannelées ; le couvercle et le dessous émaillés offrent, l'un, le sujet d'Apollon et Daphné ; l'autre, un bacchant pressant le jus d'une grappe de raisin dans une coupe que lui tend une nymphe. Poinçons d'Éloi Brichard, sous-fermier des droits de marque de 1756 à 1762. Fin du règne de Louis XV.

2.150.— **8** — Tabatière ovale en or de couleur ciselé, présentant, sur toutes ses faces, des amours symbolysant les arts libéraux, ainsi que des attributs de ces arts contenus dans des réserves de forme contournée, se détachant sur un fond uni bordé de grecques gravées. Fin du règne de Louis XV.

2.400.— **9** — Bonbonnière ovale en or ciselé et émaillé, présentant sur le couvercle un médaillon ovale, à sujet allégorique, se détachant sur un champ vert ; le fronton et le dessous sont également émaillés vert et ornés de motifs variés en émaux de couleurs. Poinçons de Henri Clavel, régisseur des droits de marque de 1780 à 1789. Époque Louis XVI. Écrin en galuchat.

10 — Bonbonnière ronde en or émaillé en plein,
semée d'étoiles d'or sur champ émaillé bleu;
étroites bordures de petites feuilles. Époque
Louis XVI.

11 — Bonbonnière ronde en or émaillé en plein,
couvercle, pourtour et dessous émaillés bleu-
clair avec étroites bordures de petits motifs sur
fond bleu-foncé. Époque Louis XVI.

12 — Boîte plate en forme de losange, à angles
coupés, en or émaillé; le couvercle offre un
buste de femme, accosté de deux vases de fleurs
réservés en or sur champ gros-bleu; le dessous
est également émaillé gros-bleu, ainsi que le
fronton; étroites bordures ornées de motifs
variés. Genève. Commencement du xixe siècle.

13 — Bonbonnière ronde décorée en rouge au
vernis et galonnée d'or; le couvercle offre
une miniature : cavaliers devant une auberge.
xviiie siècle.

14 — Bonbonnière en porcelaine italienne, décorée de réserves de fleurs et d'oiseaux se
détachant sur fond laqué noir et or; revers du
couvercle orné de personnages. Monture en or.
xviiie siècle.

15 — Boîte ronde en écaille brune, ornée sur le couvercle d'une miniature du temps de l'Empire et présentant un portrait de jeune femme en buste, un diadème dans les cheveux, vêtue d'un corsage blanc avec collerette et double rang de perles au cou ; encadrement de cuivre gravé.

16 — Boîte rectangulaire en jaspe vert incrusté d'agate ; le couvercle présente une mosaïque de Rome, allégorique à l'amour avec fleurons aux angles ; le dessous offre les attributs de l'amour. Monture en or ciselé. Commencement du XIXᵉ siècle.

17 — Petite bonbonnière en caillou d'Égypte, montée en or ; couvercle orné d'une miniature : paysage.

18 — Étui à pans en agate blonde mamelonnée ; monture en or ciselé, enrichie de petites roses. Époque Louis XV.

19 — Étui à quatre faces, composé de plaques d'agate arborisée montées en or ciselé. Époque Louis XV.

20 — Étui-nécessaire cylindrique en cuivre émaillé,

à décor de réserves de personnages sur fond vert ; il contient quelques ustensiles et forme lunette. XVIIIe siècle.

21 — Petit étui à pans en or ciselé et gravé, contenant un calendrier émaillé ; une des extrémités s'ouvre à charnière et est munie d'un porte-mine et d'un porte-plume. Commencement du XIXe siècle.

BIJOUX, MONTRES

22 — Bracelet en or, enrichi de deux perles fines et pavé de diamants.

23 — Broche ornée de neuf brillants montés or.

24 — Paire de boucles d'oreilles ornées chacune d'un brillant monté or.

25 — Bague en or ornée d'un brillant.

26 — Paire de boucles d'oreilles en or émaillé, enrichies de pierres de couleur et petites perles, et ornées chacune d'une tête de nègre surmontant un motif composé de volutes. XVIe siècle.

27 — Collier en or émaillé, enrichi de petites perles et composé de chaînons en forme de rosaces alternant avec des croissants. XVIe siècle.

340 28 — Pièce de coiffure formée d'un papillon en argent émaillé et enrichi de diamants. XVIIIe siècle,

29 — Pièce de coiffure formée d'un papillon en or émaillé. Genève. Fin du XVIIIe siècle.

630 30 — Petit collier formé de perles reliées par des chaînons en or ajouré, enrichis de diamants, montés argent. XVIIIe siècle.

520 31 — Paire de boucles d'oreilles Louis XVI en or émaillé bleu, enrichies de petits brillants.

345 32 — Paire de boucles d'oreilles formées chacune de deux rangs de roses. XVIIIe siècle.

250 33 — Bague en or, à chaton orné d'une miniature : portrait de femme. Époque Louis XVI.

34 à 37 — Quatre bagues en or, enrichies de roses et de diamants-tables. XVIIIe siècle.

275 38 — Montre à répétition en or de couleur ciselé, à sujet allégorique; mouvement signé : *Dutertre, à Paris*. Époque Louis XV.

300 39 — Montre, en forme de lyre, en or filigrané et

émaillé, à décor d'épis de blé, oiseaux et fleurettes, sur fonds noir, bleu et bleu pâle. Cadran signé: *L'Épine, à Paris.* Époque Louis XVI. Écrin en maroquin doré.

40 — Montre en or émaillé, enrichi de demi-perles, en forme de coquille, à deux valves. Travail de Genève.

MINIATURES, OBJETS VARIÉS

175.— 41 — Miniature ronde : Jeune Femme et deux enfants ; fond de paysage. xviiie siècle.

120.— 42 — Miniature ronde : Portrait de Femme, en buste, de face, les cheveux bouclés, corsage blanc décolleté. xviiie siècle.

43 — Fixé rond : la Prise de la Bastille. xviiie siècle.

44 — Deux médaillons ovales en cuivre émaillé en grisaille : Combat de cavaliers ; Cavaliers faisant boire leurs chevaux. xviiie siècle. Cadre en bois doré.

135.— 45 — Cassolette en forme de sphère, s'ouvrant et se divisant en compartiments ; argent gravé ; décor de personnages. Époque Louis XIII.

410.— 46 — Deux petits cadres ovales Louis XV, en or, à décor de motifs rocaille ; l'un d'eux enrichi de pierres de couleur.

620.— 47 — Reliquaire pendentif ovale en cristal de roche, monté en or émaillé. xvie siècle.

48 — Canne, pomme d'or de couleur, ciselé à fleurettes. Époque Louis XVI.

49 — Canne, pomme d'or émaillé, à décor de
bustes et feuillages, de travail gènevois de la
fin du XVIIIe siècle.

50 — Pomme de canne en ancienne porcelaine de
Chine, famille rose : fleurs.

51 — Petit couvercle en jade blanc sculpté, émaillé,
doré, et enrichi de pierres de couleur ; le bou-
ton du couvercle est formé d'un crapaud.

ÉVENTAILS

550.— 52 — Éventail, du temps de Louis XV, à monture de nacre ajourée et dorée, ornée de compositions allégoriques et feuillages ; feuille peinte : sujet champêtre à nombreux personnages.

300. 53 — Éventail, du temps de Louis XV, à monture de nacre ajourée, peinte et dorée, à personnages et fleurs ; feuille peinte présentant un concours de tir à l'arc.

815 54 — Éventail, du temps de Louis XV, à monture de nacre dorée, à sujet d'amours ; feuille peinte : les dieux de l'Olympe.

700.— 55 — Éventail, du temps de Louis XV, à monture de nacre dorée, offrant le char du soleil ; sur la feuille peinte : nymphes et bacchants.

420.— 56 — Éventail, du temps de Louis XV, à monture d'ivoire ajouré ; feuille peinte à sujet de chasse et amours.

550.— 57 — Éventail, du temps de Louis XVI, monture d'ivoire ; feuille peinte : allégorie de l'Eté.

MEUBLE DE SALON EN TAPISSERIE

58 — Meuble de salon, composé de huit fauteuils, dont quatre avec coussins, de deux chaises et de quatre tabourets de pieds en bois laqué blanc et or, couverts en ancienne tapisserie de Beauvais, à dessin de rinceaux, fleurs, attributs et médaillons sur fond blanc.

28.930.—

2530.— 59 — Écran pouvant accompagner le meuble précédent, avec feuille en ancienne tapisserie de Beauvais, à sujet allégorique à l'Amour.

TAPISSERIES

60 à 62 — Trois panneaux en ancienne tapisserie
de Beauvais, présentant sur fond blanc un
médaillon ovale, à sujet mythologique, encadré
de guirlandes de fleurs auxquelles sont sus-
pendus des trophées d'attributs variés.

Haut., 2 m. 90 cent.; 2 m. 80 cent.; 2 m. 85 cent.
Larg., 1 m. 60 cent.; 1 m. 65 cent.; 1 m. 60 cent.

63-64 — Deux tapisseries d'Aubusson du XVIIIe
siècle, à sujets d'après Oudry sur fond clair.

Haut., 2 m. 80 cent.; 2 m. 72 cent.
Larg., 5 mètres; 2 m. 80 cent.

9 782329 391489